ZHIDAO

知 道

跨度 诗人书系

知道

王东冬 著

中国文史出版社

序　言

邵　坤

王东冬，我的学生。他的诗，已经汇编成一本诗集。听到这个消息，我还是有些意外，虽然从我认识他起，就知道他在写诗，现代诗。可是现代诗并没能帮他在考试里得到什么好处。高三的部队开拔了，他不是在家人的动员下打消了结集出版的计划了吗？何况现今的文学，有多少空间留给诗歌；熙攘的大众，有多少人会停下来欣赏诗歌；声光色电、电脑手机，又有多少人复有闲暇？可是他不但没有停止，竟然还要筹备出版了。这里面似乎有种特别的执拗，让我心生敬意。

他又央浼我来作序，我自然跟着他融在喜悦会心的笑容里。教书十多年来，爱诗的孩子本就不多，能够写一两首诗的就更凤毛麟角，何况这样能够结成诗集，即将出版的。他确实爱写诗，QQ 空间、微信朋友圈，常常看到他流淌的诗行，甚至我留的作业他不去做，而代之以诗，常常让我哭笑不得。他说他小学时读了席慕蓉，就爱上了现代诗，之后的全国作文大赛，因为写现代诗得了大奖，于是就更爱上了写诗。我觉得荣光，感觉到某种见证的意味；我觉得亲切，想起了自己小时候的事情；我觉得作为他的语文老师，为他作序是我当然的责任，不容推辞。可是我不免惭愧，因我对他在这方面的指导实在寥寥，这种愧疚又增加了我为他做点什么的愿望。

可是当他把厚厚的诗稿交给我后，我就不得不一次次羞对他问询的笑脸，一拖再拖。我原本以为对他很了解，迅速浏览一下诗歌，下笔是容易的。可是我很快感到，速读是一种亵渎，事实上也难以读得快速。我总会不禁顿住，让诗带着我的思绪在空中飞一会儿。“折叠的伤心”让我留连，“点胭脂”的童年让我神往，“花朵里有只大象，在呼噜呼噜睡觉”又让我着迷，抑制不住的遐想。他的诗歌似乎有着魔力，抑或我有着某种偏私，我随着他的语言浮想千年，上天入地，而后又回味再三。我看到了与我不一样的少年，我看到了熟悉而又陌生的青春。

是的，这里有红热的梦想，瑰丽的驰骋，和少年青春的蒙太奇，终于合上诗稿，我这样想。但我又马上觉得概括得不能尽意，也许还应该有成长的印记、生命的倔强之类。但我不能言明，因读得还太仓促——阅读一本诗集，品味一种人生，应该是这样的吧。

眼前又浮现起他热情的笑脸和期待的眼神，一如既往喜悦得有些浮夸的表情。王东冬，我的学生。他的诗，已经汇成一本诗集。拥有一本诗集，是一件浪漫的事，做一个诗人是件很傻的事。

是为序。

2016 年秋

目　录

荒年

第一辑

荒　　年

琴瑟声不断
仿佛回到从前
你轻抚古琴的指尖
流出尘世的兵荒马乱

不见五指的黑暗
小时候也曾牵手流浪辽原
如今琵琶曲中的思念
转出一个个轮回的圈
再抓不到你歌声中的感念
任秋风狂肆吹舞
掀起长袖衣边
彼岸的信船
渡不过我心头的流湍
回念琴笛相对的光年
深埋如泥土不会腐烂
轻捧流花的脸
呢喃你是否依偎青石桥畔

桃符换了又换

我的笛声

不敌你远逝的荒年

莫　　测

相信曾经不会褪色
夜风却记不住星星的睡颜
游鱼也忘记水的清澈
达·芬奇勾不出时间的轮廓

闭眼也不能拭去
蒲公英的身姿
凤凰花的国度
是不是只要沉默
就能感受光的温热

曾相信曾经
不会褪色
却在渐淡的星火中
湮没

忆

如果满树的樱花
用来祈祷
过往人　你不必知道
也不会知道
隐匿了一世的记忆
在等待风起

有残月的晚上
清风抚萍　燕语喃呢
那树下的花泥
也安然地入睡

他勾勒大地的梦境
——轻描一幅
树的单薄
和人世间朝来暮去的背影

幻想是花的世界
而过往人啊！
手捧一树花瓣吧
背上行囊
且顾走你脚下的路

跋　　涉

期盼的　期盼的
冬终于赶来了
一切都演绎得很好
为何单独吝啬雪花呢

一段曲子奏到激昂处戛然而止
一出戏剧演到动情处哄堂大笑
正如你在那个烂漫花开的季节
在一个星空烂漫的夜里
带上我们做的美梦　背上背包
提上鞋　跋涉在千里之外了
当我们一觉醒来
不如从前
纵使窗外依旧
鸟语清唱　花香如故
你吝啬的是什么呢

我讨厌这样的梦
在梦里　我只能嗅到你的气息
和吹散了的青草味道

看到你的眼神
决绝的　前方就是天堂

你装走了无数风景
又为他们裱上金框
天天擦拭
生怕灰尘侵蚀这美丽
哦　你吝啬那些风景
所以你悄悄地离去
哪怕记忆短缺
时空断层
也要带着他们　我们的梦
离去

因此那个夏末荼蘼没有绽放
这个初冬雪花没有飘落
我们的距离也在你的跋涉中
拉长　拉长
到了再也捉不到的地方

我徘徊在梦的出口
我讨厌这样的梦
只有那里才有真实的你
我却只敢敲碎一点
偷偷地窥视
——我不想让你知道
我就在原地

我从未像今夜如此迷茫

我独自倚在窗前
在这深夜
没有清茶，没有淡酒，没有咖啡
只有孤身的一张床，一盏台灯
和狭长的身影

我抱着双腿
听街边汽车笛鸣
他是否也在怀恋早已熟睡的主人
还是
他的主人和我一样
看黑暗吞噬喧嚣的光
再躲进狭窄的巷

我躺在床上
黑暗就匍匐在我的身旁
连指甲中也满溢着
我却抓不到他的微芒

我听到他在唱晦涩的梵语

把我推入汹涌的海浪
那屋外树上飘下的叶
告诉我
黑暗包裹着我
又怎能挣脱他无处不在的缰

摆　渡

我又怎知道
高墙后隐藏着
多少扇门　多少扇窗
幽明难辨

腿脚那么沉重
为什么不停在路旁歇歇
跑了这么久
还不是没遇到一朵
开在篱笆上的花

奶奶告诉我
那山的后面
是山
可他为何不能拥抱
一座山城
或是一湾寂寞的海

山城里的人面带的微笑
随着蒸笼里冒出的热气飘散出去

渔舟上的渔夫的微笑
顺着海鸥的鸣叫在海浪间回荡

我又为何不能
摘一片树叶为舟
折一截枯枝为桨
渡向更遥远的地方

从零点起

从零点起，做一个快乐的人
做一个咀嚼着风
就能想起幽幽花谷的
这样快乐的人

从零点起，做一个快乐的人
我要让天上的星星都漾着笑
再把一张张笑脸映入我的心湖

从零点起，做一个快乐的人
越过迢遥的山河，去看望一个
倚着门栏的人
——他定是捧着我最爱的茶，等我

于是，我要做一个快乐的人
就在今晚整理好凌乱的桌
让黎明的马蹄声滑过边角
他是要和我一起高唱，高唱
那江上船夫不厌的歌

霾后的第一个星空

我站在寂静的街心
去仰望一夜星的蓝

此刻的我
有如船只
驶过海上迷雾的喜悦
明亮处
是海滨的灯塔
荡漾着安详静谧的光
——这霾后的第一个星空
也从久病中跳脱出来
蹦跳着在幽蓝的底幕中狂奔
绕过高厦，越过街灯
爬上抖动的裤角
冲出街道又奔向天空

我抬首，凝视这
深邃的星斗
可能我做不到万千众人里
仰望星空的第一人

但我一定是
昂首仰望的
人群中的一员

美味的糖果
含在嘴里
才真正是美味
美好
也正是因为有人感受
才称之为美好
——正像今夜的星空
应去仰望
再一颗颗地收进行囊
才格外清澈

我要做一个收集美好的人
就从这霾后的
第一星空开始

星　　空

我伫立星空下
透过星星的眼，看每个
窗内的生活

难道天上的星越多越好吗
一颗孤独的星
也能点亮整个夜空
难道手中紧握的越多越好吗
一颗小小的糖果
也能盈满一颗童真的心

我们所抛弃的与我们所拥有的
经年之后
都令我们怀念
就像每一晚的星空
在起霾的时候才觉得珍贵

十七岁的祝愿

我无需一个盛大的派对
无需一个插着十七根燃烛的蛋糕
无需一声声深情的祝福
我需要去寻找
在这个
迈过年岁的午夜里
和我一样
望向窗外
祈祷寻找着
和自己一样的人，或是
想着这样的人

那样
我们就可以拥抱在一起
一起斟一杯香茶或淡酒
或是一起眺望宇宙的夜空
——因为我们的眼光闪烁
可以穿透霾的阻挡
将那浩瀚的银河

无余地幻想

我祝愿我自己
可以在这个最寒冷的日子
守着几个相似的人
不再站在穹顶之上
去俯瞰和自己一样渺小的人
去仰视比自己
庞大得多的梦想
我们可以停在街边
直视彼此的眼
即使黑夜包裹着我们的全身
看不出自己的模样
但是，我们一样，和世界没有两样

我祝愿，当太阳升起时
我们还能搭着肩
迎着朝阳，追逐清晨奔跑的方向
这样我们
就比窗内的梦起得更早
有更多的时间
有更多的欢笑

所以我祝愿我自己
在新的一岁中
晚风不冷，晨光正好
有真诚的同道
相携而行

陪　伴

衣服乱了
可以自己叠
中途迷路
可以回首顾盼
花草打蔫
可以多浇点水
可头发长了
谁来替我剪

我们的城

我们什么都拥有
又什么都不剩

我们可以迈开脚步
去世界任何角落
又只能站在原地

周遭凝固成一块块
沉淀的空气
黑暗小巷的入口
横纵交错

这是一条狭窄的街
这是我们的城

卡 带 机

我要去寻找
寻找一个能装住我的
对你的回忆的卡带机
然后录一段真心，真心的话
告诉你，流星划过的时候
你许愿的时候
我的愿望里有你

我想让你的梦想开花
想让你站在我的梦想上
欢笑，哪怕是
你的前方没有我
你的愿望，你的梦
你零点的咖啡，热气蒸腾出的
不是我的倒影

即使这样
我也想，也想
去给你采撷一段梦，我的梦
梦里，你走在前方

站在我的梦想上
指给我看远方夜空的星

我要去买个卡带机
录下我的梦想给你听
我想你会很熟悉
因为我的梦想就是你

暖　　冬

这个冬天
我的城市下雨了
炊灶，树杈，样板房的房檐
辨不清是路灯蒙上的光
还是，细碎的雨
或者是游萤？
——只为那卑微的一点暖意！

这是个暖冬
暖到明早起床
今天的雨明天不会结冰
缸里的水
也还映着那棵老山楂树
他上面还有将落未落的叶
这是个没主意的暖冬

我踌躇不定
世界小得像一扇窗
我在这里张望
看到北方的积雪

和南方高照的艳阳

这只是我的暖冬啊
但屋外还是那么凉

成　　长

我站在门前看你
你倚着窗，冲我笑
从未言语
仿佛隔了几个世纪

就像荷塘前点水的蜻蜓
再也不回来
风中消沉的人声
也终将难以听到

曾经，我们手捧花香
以为这就是整个世界
如今，我们背负整个世界
却怀念脚下沉沦的花香

梦　　想

远去的路
无论是狂风骤雨
无论是断崖绝壁
无论脚下的山道多么陡峭
无论划过的荆棘多么剧痛
心中不灭的信仰
是太阳一样灿烂的光辉
是大海一般沉郁的波轨

我行走在天地间
去看无形的力量
让我惊悚，让我战栗
让我不断地前行
甚至陷入轮回
尽管一再跌倒
我还要不断地爬起来
填补我生命的空白

我想说的话

我想说的话
不会亲口告诉你

眼前的远山会说
一切的树木，鸟雀，虫鱼
都会告诉你
那关于时光的瓦缝
羊群在里面发呆
牧童轻轻吹响一支笛
清晨的阳光映着老院中的水井
它是天的眼睛
把来去的都黏在瞳孔里

你不要去想，也不要去问
只需在默然中倾听
在榆阴下看一株
向上生长的花
轻轻弯腰
一切，你都会看到

我想说的话
不会亲口告诉你
你最终也会知道

养猫

第一次养猫最用心
之后的行为
都令人感到
不如从前

不是养猫人不用心了
不是爱更加肤浅了
而是再找不回
一种从未经历的心情

那一枝木棉花

我翻越了重重山岭
只为去看，你种下的木棉
血红色的花坠满枝丫
朵朵都如你最真挚的言语
——你冲我哭，冲我笑
拉着我的手，带我一起奔跑

我清楚记得
我带着我的故事，和酒
带着心湖里你的倒影
——那新月下荡泊的游船
渔歌唱晚，浮光流转
你悄悄告诉我：
睡吧，睡吧，安拉！
可我不能睡
我要带着我的仆仆风尘
我最自然的我，去见你
你的木棉

仿佛千万只手推搡我
仿佛你就在眼前

奔袭

第二辑

那个人

如果，我真的忘了你
我就不会惦记

起码，我不会在人群中
一眼聚焦到你
我还要学着不在乎，学着
在你面前缄默
学着，伪装地大笑

我就着一切的过往
沉睡在你的摇篮里
就像，草木归属山岳
星辰沉眠夜空

如果，你确定离开了
请不要叫醒我
也不要留下一封
能够拆开的信

我不睁开眼睛
你便依旧坐在旁侧
欣赏沿途的风景

夜 中 别

我们含泪挥手道别
又犹豫地重逢故地
朋友啊!
为何不活得简单些呢?
难道只因为
江河依恋远山
鱼儿亲近大海
你爱着我吗?

在花季

在花季
一枝玫瑰等待攀摘
她渴望将花瓣，和
青涩的香
都交于一人
却又矜持着
刺痛每一位采撷者

你看！
她在风中叹息，轻抚面颊

玫瑰呵！
请放下卑微的高傲吧
用你的心
学着枝头莺雀
轻轻低吟

生　　命

篮中的花儿谢了
脚下的草却还绿着

花儿啊！
也请你坚强些
别让嗔怪笼罩笑颜

那纤弱翠绿的叶
与那萎蔫绝艳的花瓣
竟是前者更美丽了

送　　别

大海
送给鱼儿温润的心灵
鱼儿才活在水里
峭壁
赠给雄鹰坚韧的羽翼
雄鹰才展翅天际
你赐予我的
我也从未忘记

后　　院

还记得儿时的
那只大蓝象吗？
我们坐在
他月牙似的鼻子上
伴着黄昏过后的星斗
飘上了天

还记得儿时的
那条够不到地的跷跷板吗？
一上一下的笑声里
我们的世界
远大于身旁的一切

我常怀念儿时的无忧
清风拂过树林
我们的身影
也随拔节的春笋
拉长

老照片

从那张黑白的照片里
我看出你的颜色
——日日炊灶前的烟熏
每顿饭的八捆柴火
在炊灶中燃烧
烧干了你的眼
照片里的你，是灰色的

那葱郁树冠下
吹柳叶的少年，是你吗？
还是他，乘着清亮的颤音
飘到九霄之外了？
我且固执地记着
树冠下的你，是鲜绿的

如今，你坐在窗前
摆手不敢再唱支山歌
却不再因
清晨水外的那片野花田了

伤 心 事

我把伤心事折叠好
压在箱子里
不到万不得已
我不要说
不要对外人，甚至
对自己说

也许我也不清楚
当祝愿的钟声响起时
我该不该合起手
做一次真诚的祈祷
因为，我也不很懂
伤心事的伤心处

人流散去，安静
安静着硕大的月亮
我也不要打开
折好的伤心

我的心绪

总想写一点什么
却又无从下笔
像，小孩子面前摆着
果冻和酸梅糖
不知道选哪一种好

月，趋于圆盘的时候
越宜人
而人
越是清醒的时候
就越想得简单
我为何不想简单些呢？
跳出惯常的牢笼
去捕捉一个新的自己

比如，花中有个世界
就在花蕊里
里面有只大象
正在呼噜呼噜地睡觉
虽然想想都可笑

我想着可笑的自己
有些什么可笑的想法
而终归，我活着
情感不该束缚着我
而要让我变得更完满

或许，写不出什么
也应是正常的
有哪一种语言
能逾越人本身呢？

送　　别

春雨下得漫长
放晴之后
才发现夏早已熟得
像通红的苹果
时间，行如细雨
旅程，漫漫无寄

我们相约在一棵
低矮的树下
做着相似的梦
梦，沉默不语
仿佛能看透四季突袭的
惊鸿和风雨

也许生活本该如此
怀着难言的希冀
我送别你去
下一个预约的站口
你送别我，走向
回家的路

成　　熟

小时候
一根冰棍儿
便是晶莹甜美的信任

成人后
再多的美酒佳肴
也只能换来
饭桌上的附和

五彩招牌
点亮夜城的星
乌青色的林影
换不来无数次，斑斓的梦

我躲在窗前看你
你面朝夕阳留下背影
到底是我的窗缩小
还是你正跨过一道道青砖
去桥的另一端

奔　袭

在青春时
我们总是说，童年
比青春更短

年长一些
在日日苍白的光下
我们总要说，青春
比夜夜的工作要短

年老时，面对春天
疯长的春之树，和
北归的燕儿
我们只留下叹息，生命
一瞬即逝，比
一切都要短暂

我们相约一起爬上
春天的山，在
春草，春虫，春雨中
而我的遗忘，失掉了
本该留守的春天

童　年

挂着干辣子的门内
在屋中母亲的呼唤里
在哥哥贴符的高板凳上
接一指胭脂
点在眉心

赞　　颂

将雾霭铺作
黎明的海潮
在星河里
在灯塔下
轻轻地
将你赞颂了

断　　想

那一年是哪年?
我只记得
在一个遥远的春日下午
那正当头的红日
那仿佛无声的笑闹
走过一条喧嚣的楼道
走进一扇虚掩的门
抓起笔，圈下一个名字

圈下一个名字
放好笔
走出一扇虚掩的门
走进一条喧闹的楼道
那仿佛无声的笑闹
那正当头的红日
在一个遥远的春日午后
我不记得
那一年是哪年?

第三辑

春天的河

尘

我只是一颗尘埃
在你祈祷时才能看清
你的面容
但留不住
你的回眸

我在佛前苦苦哀求
不为尘缘，只为你的一瞥
佛成全了我
在你下一次祈福时
风将我掠起
擦过你的指尖

几世的因果
在真言中消散
经筒里落出运签
你扬长而去
注定不再相见

那一世

我落在你诵经的枕上
不为膜拜
只为靠着你的温暖

雨

——下雨了
是否还倚在窗前
听雨在歌唱

那一折纸伞
有点点的淅沥
雨声的循环
在心中　在梦里

一对老人坐在长椅上取暖
被雨淋湿的街
曾拥有　也曾失去
是永远的风景

雨后的空气会更新鲜
但倚在窗前
不免心中自问
雨前关乎世界的一切
还在那里么

秋

人们都说
你是忧伤的画卷
也是饱满的笑脸
在夕阳下
一片片枯叶飘落
像细雨点缀山前
单调的棕色
惨烈地点燃　一座
又一座　无边的山野

风儿不知你的怨
努力掀起阵阵稻浪
稻谷的芳香刺激着你
稻穗的金黄挑逗着你
哦　你透过蓝天
笑得有多灿烂
那云儿是你扬起的眉

天高云淡　南飞的大雁
南润北爽　中秋的月圆

冬没你含蓄
春没你温暖
就连夏都是青涩
没有你的成熟丰满

你又为何板起脸
收获了辉煌
却将喜悦收敛
把目露的晶莹
冷漠成霜的威严

再　　见

携一片晚霞
漫步在湖畔
这凄清的傍晚
哦　再会一面！

清鸣的鸟儿
像是庄重的歌者
一句句的曲调
我悄悄　悄悄地唱
水里的游鱼
吞噬着渐淡的花瓣
在腹中尽了这暗香
清柳舒展身姿的曼妙
她冲我微笑
她冲我微笑
暖掉如火的霞光
又伫立着
沉默哀伤

携一片晚霞

远了这湖畔

这傍晚的微凉

哦　再会一面？

知　道

你告诉我的
我知道　你知道
我回答你的
我知道　你知道

我们知道
飘游的萤
不懂光的沉默
涌向街道
一心要取代灯火

我们知道
奔跑的夜风
呼啸而过
妄想融化枯树的萧索

我们知道
绽放的紫罗
疏远大地的余热
拼命向上闪躲

攀缘着墙壁
炫耀平凡的颜色

我们知道
只要我们一样
就敢
与那叹息的魂魄
在阴冷的墓场放歌

我们知道的
是洞悉无数次的城郭
却看到绿水深潭里
沉淀的黑白的你我
各表一言地叹息而过

山　　坡

我见你收拾好行李
拿起单程票
待大家都睡熟
悄悄推开门
走下山坡

我怕你迷失方向
我怕你忘却当年山坡上的夕阳
掀起一波波麦浪
你说你恋这个山坡
只是这场旅行时间太长
你也思乡——这要回来的地方

你终是走了
我问路人你的去向
他们只说
那个地方
裁云做衣　剪月为裳

我想　你也会在那里

在某片云彩上缝上我的名字

等到麦子熟透

来山坡重走一遭

送我那件云做的衣裳

重逢那桩

我是一个守夜的人
在人们熟睡后，轻轻地再吹一曲笛
我喜欢听路灯光的声音
喜欢空旷的安静的街道

这世上的声音也只剩
我和我的笛子
那样我就可以倾诉一切

我想象一扇幽蓝的窗
半开着，透着温馨的光
这样我就可以为他寄去一封
改了多少遍的谱子
让那些梦中人
有安静的乐声萦绕

我想的只是我独自的冥想
我又怎知道哪里有个上班族
红肿着眼泡，还在泡着速溶
我想

我能温的只有酒，和
蔓藤错杂的声响
那么请至少让我留下
留下一块仅有的安静

春天的河

我在最后的冬眠里
盼望着，一场雨过后
细密的咔咔声，和
鱼儿在我怀里躁动的潜游声

我清楚地记住
悄悄抽芽的柳的教诲
世上没有一块冰不会融化
我就盼望着一场春天
把解冻的暖
交给鱼儿，交给水藻
就连心急的鸭子
我也为它将温热保留

我看到了万物之复活
全因我的温暖
而我之复活
源自惊蛰的春雷细雨
他将我唤醒
又让我震颤！

我将我的觉醒，我的温暖
和，我的震颤
传递给沉睡的周遭
去涤荡炊烟影里
萧索的荒原

致平凡的爱

为何去计较
那些所谓的，爱的资本
同样是有血，有肉
经历一生后乌有
迎接死亡的
平凡的人

我们真挚的爱
难道不应像，期盼
期盼一朵玫瑰的绽放
期盼玫瑰执在爱人之手上
那样自然吗？

吹响你爱的号角吧
亲爱的人！
这一刻你固然不再平凡
因为心中的波涛
早已越过高浪
冲向巍峨的山巅！

热　　爱

谁会去惦记
环抱蜂巢的
痉挛的树呢？
——它们确是极普通的
以至于我们只挂念
那甘润的蜜了！

难道只有鲜艳不羁
才是至美？
而一切平庸
只配选择缄默？

我念想着
如今落笔前流淌一片的
窗外一闪而过的
是一条血与汗相拥的河！
真正伟大的
向来在躁动中沉默
而午后叫嚣的鸣蝉
却是苍白而可笑的！

期　　待

期待，午夜悄悄然
绽放的白昙
芸芸细小的思绪
交叠在花间
酝酿着百花齐放的梦魇

我一直沉默追逐
可谁又会期待
只盛开一时的我呢？
甚至奔腾的河流都安静流淌
催着猫头鹰做了一串串美梦
而我，不在任何人的梦中

我且自斟自饮
枝叶间小偷一般的蚂蚁
都不懂我的沉寂

父　　名

我从每晚的饭菜中
未感到苍老二字的滋味
只是咸淡适中
正如他的沉默寡言
每一句，都弥足珍贵

他的肠胃病
是因昨夜的凉风
日日积攒下来
郁结成的老根
这老根儿却越燃越明
将光亮铺散在身后

火炬在黑暗中
像星斗在黑夜里
我知道，之后我要
独自在它深处寻索
也许胃病不是必然
但幸福的生活
与刚正的人格
让我走得沉着

当我爱你时

当我爱你时
我便更憎恨自己的残缺
我憎恨我心灵上的
头脑里的、口头边的残缺

我想为你采遍山坡上的每一朵花
红的，紫的，白的
你戴着都好看，我急于
采遍山坡上的花
以至于憎恶自己的渺小

我明白，爱是匕首
靠得越近，刺得越深
死去时越疼痛
所以我才憎恶我的肉体
忍受不住疼痛的考验

我憎恶自己
不能尽己所能
带你走出一片沙漠

第四辑 赶不上

赶 不 上

丁香开了
粉白的花挂满枝头
像一串串美丽的诗
但它终究躲不过泛黄的岁月
诗中的字迹模糊了
花瓣也就落了
只剩一点点凄清的落寞

夜晚，月亮为她披上轻纱
笼罩她寒冷的心
白日，太阳为她洒下金辉
照亮她迷茫的路

可时间就是小气
该过去的，就要过去
谁也拦不住那落花的缤纷
无奈望着那诗行埋入泥土

也只能感叹
没有什么永远

只有过去的一刹那
抓住便即刻逝去
更多的是眼睁睁看着疏远
没有谁能阻止时间的脚步
没有一朵花不落不朽
没有一首诗永远激动人心

花开花落，人来人往
人世间太多的东西
也只是时光留下的回忆

夜雨漕运

我雨中静望大运河的波涛
是举子夜泊枫桥
斑驳两岸商船的流光
是水中一尾游鱼
随澎湃涌入南疆
只愿朝暮四月的白琼

你见这灯火已阑珊
这漕运流水更苍茫
只为流年谱一曲乐府
共斟一樽乾隆七下余杭

来往扁舟剪不断波涛寸丈
西下残阳却淹没八旗筑成的堤防
如今琼花随风北上
带不来江南烟雨的一丝暗香

亘古的明月把时间遗忘
淡了君临天下的紫禁

消了遥指千军的隋炀
仍忘不了这漕运几度舟帆
携长调一曲倾唱

夜泊西湖

那一晚夜泊西湖把谁念
泛舟良渚灯火又几程
裁宣纸一刀走笔绘江山
湖光映月　铜镜映素装

一壶龙井解轻悄
胜比断桥残雪玉人箫
且听我轻叩门环与谁唱
“烟雨花针入深巷
泼墨撑纸伞的姑娘
你眼中愁思是天青下的瓦墙
粉黛了沈园红酥的鲛绡
西湖垂柳的惆怅”

我愿你抬首细听
那块润玉中的水调
是这烟雨画江南
入夜更清消

无家可归

那一道道厚重的门
他们也曾是傲慢不羁
如今却似柴扉被轻易推开
招揽曾藐视的众生

我是用脚踏过这里的石板
我是用手轻抚桥栏
我看到远方高厦的窥视
这里朱墙灰瓦的庄严

就像现在
来往的魂魄挥舞拳头
击碎一点虚空
荡漾着连绵起伏的哀叹

深夜的灯虹
远不及当年这儿的一柄烛盏
石砌的假山
抵不过这里一角飞檐

而现在
人们交易你的领土
闪光灯鞭笞你卖笑
倘若，你的故事可以重来
你是否还愿，在年事已高的魂魄随从下
重登龙座
继续你卑微的尊严

慢

清晨上学的路上
车辆都打着哈欠
伴着车轮咯吱地转
街灯倒退从远处灭
街心的早点铺叮当响
下锅溅出的沸水
摇身变成蒸汽，氤氲地飘走
馄饨许久还未浮上水面

太阳才出头
楼上的窗也涂了金
钟表在偷懒
初醒的世界在车轮下
我的车也行得缓慢

致二〇一五的最后一刻

漫空烟花中
你把自己隐藏在幕后
沉沉睡去了
用最明亮的夜
为时光写满眷念
恋恋不舍地离去

还记得春天
你的秀发
在风中飞舞
迎春的香比月光更远
惺忪的睡眼迎着暖
打动世界最古老的心肠

还记得夏天
你头上的花环
还泛着露珠，阳光融化
融化进葱郁的远山
凤凰花燃烧着，照亮了半边天

还记得秋天
你穿着雏菊编制的
黄的裙，随风鼓动
你冲远方眺望落叶的海
满眼的霞红，惊扰了林中鸟

还记得冬天
你身似迷雾，蜡梅绽放在你的发簪
你一身素装　在半空中舞蹈
深夜的冷气又温柔地蜷缩
在玻璃上
绣出一朵朵冰花

我想伸手环住你
但遥远的你，只允许我
远远地，远远地望着
左手牵着离别
右手牵着希冀
一笑胜万言
你对我说，明早你还会在
那就请烟火奏响黎明的号角吧
让我对你说一句
再见，二〇一五
你好，二〇一六

慢　　茶

支起炉火
烹煮一壶茶
茶叶中的阳光咕嘟翻滚
浸出欢颜
在壶心绽放

阳光点燃了薪火
薪火腾出茶香
茶香又醉倒了时光
何不再烧得更旺?
今夜没有月亮
定是在镜前梳妆

午　　后

风掀起一波波麦浪
麦苗间有田鼠在鼾睡
阳光挤过叶的缝隙
打在他的肚皮上
装一兜困倦，洒向四野

我们坐在亭子中喝茶
茶香裹挟着茶色
躲进远山
下一瞬，世界在杯中唤醒
远处农夫的笑，驴车的颠簸
布谷鸟的长鸣
田鼠翻了个身起床
荡漾着安逸的暖响

我们痴望着眼前的世界
一天只够喝完一杯茶

致过去与未来

过去隐藏在水里
未来浮游在天上
而我，我是行走在
海滩上的立于海天之间的人

海，慢慢地涨起来
它的幽光跟随着我
远看，莹莹的像颗颗明珠
镶嵌在沙砾中
酝酿着一场安然的梦

天，天是阔大的
它俯视着看我
我无法跳脱出它的围栏
就像猎物一般
无论如何隐藏
我只能直面它的存在
绷起肌肉，奋力一搏

身后的幽光是我眼中的深邃

身前的满夜繁星
把我的身躯裹入硕大的壳
可我啊！我只是天地间的一个行者
两袖清风，只带着
执念和执着

于是，我大声行吟
不怕寂静打扰
我亲吻的海螺
唱它无尽岁月里谱就的歌
关乎林木鸟兽，高山大河
关乎世间人事，成就挫折

当一切始于天地
海水又怎能扑灭
心口燃烧的火
远处的天落下
成为我脚步后的土地
身后的脚步刻印在前方
带我走向更远的海滨

空城

第五辑

空　城

怎样才能承认
一片拥堵的天空下
低着头的世界
风都匆忙地奔走
你看
他额头上的表盘追求着
那时间的金钱

天空是他的乐园
却喜欢
堆积埃土的地面
在氤氲热气中
流连忘返

于是
世界回到史前
连叹息都听不见

像一张白纸
在沉寂的书写下
褶皱　腐烂

萧　　萧

城墙边月光的渐变
照不穿浓雾的荒
风儿萧萧掠过天际
吹不散灯火心头的殇

隐约一匹白驹驰去
未感草动花摆
只听得水边有人歌唱
歌唱这市井麻痹的惆怅

微笑也是匕首的刀芒
划破咽喉
才愈发寒亮

说是身后空无一人
却不说你曾送走多少人
走向去世界边缘的路上

寻

我们都已离去
身后残雪一地
注定回不到
那个没有完结的冬日
却没有理由
穿过街与巷的交错

抬首
用手指度量一线苍穹
再不似他清澈的眼眸
低头
找不到
合适的借口

你问
每一次咯吱的碎雪声
都是艰难的忍受
还是在祈求
将至的肆虐暴风

挣脱还是隐忍?
每次伸手
雪渍污染手心
气流决绝地溜走
我们还在低头
执着　迁就

寻着一个昂首的理由
未曾发现
阳光正微笑着
在屋檐上静候

囚

空寥的广场上
蔓延的寂静
白鸽都染成黑色
扑闪着翅膀
一动不动

亲信的画笔
绘出一张张网
在挣扎中
拷紧
枷锁缠绕的月儿
旧日的光泽
在层层包裹下
零落

囚牢里的
还能共一曲舞吗
你看你的神色
像老人混沌的眼
不再清透

残酷的玩笑

——雨夹雪
雪花，秋后冬初的
第一场雪中
漂泊

很多时候都在想
生活
不像电视剧
不会在浪漫时
奏响华尔兹
不会在离别时
柔情地诉说

他只是一个残酷的编剧
在撰写一个残酷的玩笑
他早已安排好下一秒
我们都是，一部分
附和他，扮演他
笔下的角色
配合他，和自己开个

大大的玩笑

我们都演绎着不同的角色
却都是苍白的一页里
细沙一般的字
无论帝王将相
无论富豪庶民

真正的主角
是生活之书啊！
是那个残酷编剧笔下的
残酷玩笑啊！

我们都是配角
都是生活掌控下的
盲目的附和者

孤　　行

我背着空的包囊
人们看我的眼神
足像一个小丑
因为我身无分文
就连背影也典当给霓虹
逐渐暗淡的窗户
也不曾向我摊开手掌

他们笑我愚笨
为何要离开那间温暖的木房
只因为我看到远方
有比这里更开阔的风景
就欲穿过荆棘，去寻一片蔚蓝
这里多好，有高厦，有霓虹
而那里，除了一片天空
也像我一样

口上是劝告
却伸手把我推向前方
他们注定想看我的笑话

叉着腰，击着掌
又故作怜悯
我从橱窗里看清他们的嘴脸
怀里揣祷告，嘴角噙刀芒

但他们心中何曾没有欲望
想着某一天涉足那里
只是当看到荆棘
不愿割破靓丽的衣裳
谎称不屑那里的花香

我交付一切时
便不再和他们一样
拿的票上印着嘲笑
进的站口贴着惆怅
尖刺划破手腕
碎石割伤脚掌
可我看到前面
鲜花遍地　温暖如阳
也不知当我爬上那座山丘
冲他们招手时候
是否还会讽刺我无知的模样

回　　归

昨天挂在树上的最后一片叶
今日也顺着最后一场秋风
翩然落下
那风中的桐叶
是蛛网上的飞虫
封锁了他自由的去处
他挣扎着

他要回归最初的归宿
是那树前
哪怕只有微薄的力气
也要陪他度过这寒冬

他记得曾经
在料峭的寒风中
拉起他的手
在炙热的烈日下
给予他水分和养料
在阴冷的暴雨里
给他温暖的拥抱

他要飞！
他抗击着这秋风！
尽管身躯上留下
一道道裂痕
时而攀升
时而下沉！
尽管坠向大地
也迎风掠起！

最终
秋风掠过这片天地
他落到树边
血肉化作肥料
骨骸化作泥土
对！还有那颗跳动的心脏
它变成一粒种子
融进土里

第二年春天
人们蓦然发现
那棵老树旁
又多了一株小苗

谁又知道
他曾是一片叶？

守　　着

打在窗上的光
渐渐变得微弱
我用我的手臂环住它
给它仅有的温度

屋子里的钟
还在不知疲倦地转着
它用它的手指触摸着
空气中的每一粒尘埃
龙口滴出的每一滴水
钟和我一样

屋外的灯亮了
孩子们还在追逐着
黄狗趴在门前
注视着，不作声
它看孩子们开朗地笑
看路旁水洼中溅起的水花
黄狗和我一样

我抱着光

昏沉地睡去

又懵懂地醒来

屋内都还一样

只是怀里的光

都四散着回家去了

二楼的窗

我的卧室临着一扇窗
窗外有一棵树
我叫不上它的名字
也不知道它的故事

我只叫它树
我只知道
无论阴天下雨　天寒地冻
它都会伫立在原地
我只知道
它轮回着无尽的明灭
夏就活得旺盛
冬就亡得风骨

树就映在窗上
我便得透过树
看世间的风景

长长的路

你不必告诉我
我走过的路长得
无法以山峦度量
因为我走过了一片片森林

走在树与树之间
如同漫步了几个世纪
见过了千万种花

我不敢相信什么
鲜花又怎么不会在沼泽中盛开？
那百灵鸟的歌
不也在空气中散发了痴情？

而相信我的呢？
哦！只有我的鞋和我
满包的梦，零碎的梦
他们不言地引着
引我向一条街市的小道

你不必告诉我

路即脚印

只有走过的人知道

雨的怀想

我的城市突然下了雨
最后一班南飞的雁，带走了
最后一点秋意
人们陆续加了棉衣

我想你的，大雁落脚的城市
会不会浸在我的秋天里
这样，你就可以听到
听到北城人脚步溅起雨滴
听到屋檐下
老爷爷糖葫芦里的闪烁的晶莹
和我的被风揉碎的歌的片段
——虽然模糊
却唱得清亮

我在等，我有的是时间
我可以等下一个春到来时
大雁衔来你的春天的暖风，和
一封五彩斑斓的信
无关内容

这样
即使你不归来
我也可以满足地看到
你窗前的那棵榕树了

天　　亮

我想把我五彩的网
再掷向斑斓的海洋
我想在沿岸的河滩
再支起满载梦幻的帐房
我还想，在家中狭小的天台上
再望一望，星光编织的童话
听一听，松涛谱就的乐章

可我清楚
在你无声的扳机上
雕刻着我卑微的存亡
你自诩是黑白无常
我也曾妄想跳出你备好的坟场
——一把把黄沙伏地
落尽后
酿不出一朵野花的香

我不知道
我们错在哪里
就被你们套上卑劣的诽谤

母亲说，落后，就要挨打
父亲说，平等，痴心妄想
可平等又错在哪里
是谁一手扑灭
大马士革明亮的月光

我只知道
当我醒来
两旁的沙丘牵着我的手
可睡前耳畔还萦着母亲
入梦的歌谣

那些救世主们啊！
你们修剪着一枝枝无辜的花朵
你们把我抬上担架，又
推进牢房

我也只好沉沉睡去
不去想什么叫作
明天的天会亮

告 天 书

恶人的棍棒是白天虚伪的法度
好人的慈悲是长夜深沉的叹息
你看这可笑的世界啊
为善的都躲在笼里
作恶的都挤向街边

而我，我们
我们要在惊悚的黑夜
去拍打一户户门扉
让为善的都起身
让作恶的都惊醒

我们要做乌云之外的
第一道闪电
那来自遥远北方的狂风
那山顶狂躁低吼的雷鸣
那倾天而降的暴雨
都是我们对天地的宣战！
手中的法杖
将会刻满刀痕

造孽者们，该轮到你们战栗了
那强袭的风暴
将伴着我们的笑声

一　生

人的一生
没有足够的时间
去完成每一份心愿
没有足够的空间
去容纳每一个欲望
甚至人的一生
连一棵树都不如

树，它有足够的时间
去体验四季轮回
去注视来来往往的人事
去聆听每一只鸟，每一阵风
它也有足够的空间
去让每一片树叶渲染
去让每颗果实点缀

树的愿望很简单
而人的欲望
可以填满整片海洋
他们去无限地遐想

忽悠一下成了首富
又变成超人拯救地球

因为没人活得像树
深深地扎根向下
又把身姿无尽地挺拔
不幻想与天地比寿
不祈求与日月同辉
不与百花争艳
不与众生争荣
不理会喧嚣与纷扰
不在意风霜雨雪的煎熬

我愿成为一棵树
至少，像树一样活着
挺拔伟岸，肃穆庄严
经风历雨，傲霜斗雪
既有拼搏的艰辛
隐忍的沉默
撑一把巨伞，贮一夏阴凉
又有一心向上
凌云欢舞的斗志

可是无论如何
我还是选择像人一样活着

一 部 分

你走在雨中泥泞的土路上
云中的雷，鸣得惊悚
黄叶无声地在半空挣扎
最后瑟瑟地安息
在你身后落了一地

但这，并不是生活的全部
请你相信
这不过是你偶然路过
请你相信
绕过迷雾拉的屏障
是青色的山岳和繁华的城郭

你也不必畏惧身后
身后又与前方何异
你会安然无恙的
毕竟这只是偶然路过

这些不是你的时间

我从你凝视的眼中
看出你的忧伤
你不快乐的日子
不是你的时光

或者，你不要偏执地认为
爱情，金钱，事业
才是幸福的全部
假使一觉睡到天亮
睁眼看到阳光洒在四壁上
也算的话
还有什么不能以快乐之名守望

你看人们熙熙攘攘
深夜的咖啡也似妈妈的热汤
键盘敲击声叮叮当当
他们都爱着自己的时间
用灯火延续白日的光

去发现吧

去发现一棵树的生长

一株花的香

去奔跑吧

不要再将儿时的梦想翘望

去填补你的快乐——你的时光

你不充盈的日子

不是你的时光

苟　活

我穿着我的皮囊
拖沓着双腿，它像是
被锁链缠绕住
将我拉向地狱
或者，像是安琪儿的琴音
把我扯进天堂

但我，不论地狱还是天堂
他们都一样
死去的人终将入土
活人不能和灵魂拥抱

我姑且行走
去拥抱沿途活着的人
但我不去祈祷逝者
我只是在这世上苟活

活　　着

不要去抱怨
火车出站的尖鸣
他携带多少路中人
包裹起多少如丝的念想
和，黑色的黎明，白色的夜

不要去烦恼
也请别去嗔怪
乌鸦黯淡的羽毛
问，你为何不会打扮
把美艳留给鸠雀
自已在枝头嘶哑鸣叫

不要去唠叨
怨妇一般憎恨插足者
拔光她的头发
再将她的肉身焚烧
这只是卑微的内心
在做痛苦的控告

活着的人啊!

你朝前看

鱼儿睁开了眼

新柳抽出了芽

世界还在运转

我们依旧活着

画

画展上
我见一幅少女的画像
眼里，眉间
都透着清愁
躲在她眉宇间
像个孩子
一松手，就要
钻进她的怀抱

我猜想着，有关
她的故事
或许，她的童年在河边
有日日听惯的浣洗声
和，朝九晚五撑船的人
——她喜欢托着腮
发呆，想河的另一畔

那里有奶奶故事里的古城吗?
有粉嫩娇羞的桃花吗?
有青丫丫的杏儿，抑或

清早赶集的车马声吗？

……

她想呆了

就在某一个傍晚
她乘着最后一班船逃了
丢下奶奶，丢下这边的一切
——她要去那对岸
船下的水花像是为她跳舞
红霞也送给她最美的披肩
她的心无比火热

她踏上岸
眼前是一野荒地
没有草木，更不要提桃花
她皱了皱眉，默不作声

我想象这便是她的故事
一个失落的故事
我不知它的结局
因为画中人的愁眉
告诉我，不要猜

信　　仰

我相信
日日铭记的声音
只不过是生活的缩影
蜷缩在脑海里
叫嚣着千百个名字

我相信
满眼的春景
源于一簇簇地下的根
在将死之际
还隐藏着勃勃生机

我相信
每个人
生来都有双温柔的鞋
只是跋涉之后
磨平了鞋底

我相信
世间的因果

是人行的事，走的路
唱的歌
每种不舍，也将变成
酒后茶余的沉默

决　　定

我站在苍茫的大地上
整片天空燃成火海
汽车在轰鸣
惊雀嘶哑地叫

燃尽的空气
为炊灶增添了炉火
长明灯忽闪着打开我的影
让我面对黑暗
不知所措

我想逃离尘嚣
挣脱束缚我的一切
让黎明的长途车啼哭去吧！
让正午的叫卖声焦急去吧！
让黄昏的迷途者彳亍去吧！
都与我无干了！

我只要畅快地奔跑
和，豁然地长笑！

抵　　抗

逃离！逃离！
从生的荆棘割破我的喉咙
我生火炽烤伤口
让流淌的血结出狰狞的疤
荒野中冻死的鸟兽
是我的食物
我用它们的血肉为我普度

直到追赶我的狼群逼近
讥讽的嚎叫催我屈服
哦！那湍急的长河才是我的归处！
那里有生延续的火种
也许可以点燃我苟延的残烛

我背身跃下
河滩上的哀号声，是
敷衍上帝的对亡灵的怜悯
而我
我在激流中死去
又在激流中重生！

为这场逃离怒吼吧！

但请不要为孤独的我叹息！

相较不得安息的灵魂

我又是多么幸运

陋巷一面

我家旁的那条陋巷
只与窗外喧嚣的市井
相隔几步之遥
我曾在其中
吃过不止一次的面

我熟知，那里的人
做面的手段
一定要卖力地揉面
再熟练地切出
略宽的面条

没什么特殊的佐料
只是炊灶蒸出的汗
协调着五味
就一瓣蒜
便是吃出不易的味道

来往的人很多
驻足的人却寥寥

我爱着这里的面
那憨笑下熬出的老汤
那汗水浸润的面条
我都爱，并且爱得深切

我伫立在将迁的陋巷旁
回想很多碗的面条
也但愿他在故乡
能寻到一个
我这样的，忠实的食客

救　赎

记得的定是忘记了
无所知的也不会记忆起

对于在街巷中足蹈的人
一切都是从头开始
从充满欢笑的乐园
到饮血的战场
开始

人们啊
不要急于把愤怒的拳脚
施予昨日老槐下
痛哭的自己
不要辜负因悲哀而引起的悲哀
因赴命而创生的赴命

抉择从不会
因孕育着善良
而不生出丑恶
丑恶也不因世人的教唆

而只有阴险的诡诈

请记得吧
我们难以自己勾勒
世界的年轮
世界也难以更改
无知的周众
而足以自救的
只有自我

反　　省

罢工的空调
扩大了夜的寂静
我躲在蚊帐里
头顶挂着叫嚣的吊扇
彷徨，忧郁

我急躁地想知道
来自哪里的问题
难道是我常让它加班
而积劳成疾

我反省
我身边装满了空调
只在适宜的时机
才拿来利用
却只报答一铺
落满尘埃的被褥

我深感我的错误

也许它只是失于关怀
弹弹滤网，擦擦机身
便又满心欢喜地工作

墙角的花

那是一株墙角的
长在磐石间的花
路人呼不出她的名字
也从未注意过她

她只是却立一隅
酿她少到几点的
清苦的花蜜
而掠夺的昆虫
却从未怜惜过
弱小，可怜，卑微的她

可她，一个战士的样子
不是士兵，而是战士！
任由强盗的利剑戳穿她的胸膛
也从不屈服
像是不畏一切
咬牙回击疯狂的鞭挞
这，是一株墙角的野花！

于是

我竟自视温室中的

那些歌唱的，舞蹈的

美艳，清绝的

也不如这墙角不谢的野花！

起死回生

骤雨的赴死
是万物的重生
而渴望的挑战
在重生中
颤抖，战栗

雨抚它的叶
亲吻它的泥土
将不整的血躯
喂养嗷嗷待哺的万物
而灵魂所向
是幽深的山渊
沉抑的海谷
即使死亡，它也愿，也爱！

也许吧！
死亡是为了保存
更多的生命
而源自生的渴望
也将拯救更多的死亡

简单的生活

生活本该就是简单些的
没有什么过多的思考

饿了
就打开炉灶煮饭吃
吃冰箱里储存的食物

渴了
就放好水壶烧水喝
或直接把嘴对着龙头

累了
就倒在床上呼呼大睡
睡眠里做一个简单清晰的梦

还有力气时
就努力工作
来实现生活最自得的需求

北京的雨

同城的雨扑打在身前
斑斓了多少花枝和叶
在朦胧中，汽车的每声鸣笛
都虚无缥缈得飞上天
——一个个雨中起飞的风筝

每个站在树下的人
凝视着天上翻滚的闪电
竖耳期待雨滴敲打的雷声
又心存芥蒂
而剩下的走在街上
在伞下的小河里避雨
蹦跳着击起一层层浪花

这一天，北京下着暴雨
我们的周围都是同样的风景
这一天，待在外面的我们
都一样

心，怎能倒退

我们总是想，总是说
他们
跟不上时代节拍
赶不上时代步伐
却，有没有真正地思考过
我们丧失了
他们身上的什么

一汪水像是一面镜子
照出不一的心
一边是火在热情燃烧
一边是冰，烈日下也不消融
被冻结的是什么
怎会是应该活跃的善良
纯净的天使何时已离我们远去

我们拥有着他们没有的东西
却不知不觉丢失了许多宝贵的
如春风吹拂
夏花赏心

秋叶飘落
冬雪飘飞那般
温柔晶莹的感动

我们把弯弯腰，伸伸手
看作丧失神圣的尊严与庄重
我们视自尊为衣裳
为一日不可不吃的三餐
我们将自尊写成
没有主题的文章
做成臃肿的晚礼服
最后将自己变成
一具外表华丽内心肮脏的躯壳
这样一来
我们是否还不如
被我们称之庸庸碌碌的他们呢？

我们还小、还年轻
可以不谙世事
但不可以丧失良知
不可以沿路一点点丢弃
最自然的善良
我们应该去思考
新时代的精神是什么
是麻木不仁？不是的
我们更应该去改变
重拾起良知和纯真

这才能让我们懂得
心，怎能倒退
良知应该是
每一代人的时尚
我们又为何不和他们一样?
心存真诚、美好的善良
做一束太阳放射的灿烂的晨光

赠诗人

(一)
诗人
莫再沉浸于黑色的乌鸦
凋残的百花
凛冽的风了!

去看一眼街上的行人吧
记下一个个
安静欢笑的心

(二)
诗人
请不要将不公泄愤在
洁白的稿纸上!
多关照一些
窗台上的残花吧!

(三)
诗人
请不要将朽木玩弄在波涛间

将朽木

还给陆地吧

还给森林吧

还给渴求一块栖地的菌菇吧！

难道你的宽容

只容得下一阵水波？

山庄

第六辑

在夜里

我待深夜的星火退去
点一盏灯，再继续
漫漫的长夜
我喜它的安静
就好像，这世上只我一人
喧嚣处，也只我一人

我可以看着将落的月
去大声朗诵一首绵绵的诗
——哪管它扰民的调，和
纠结的措辞
我可以幻想成为一只鸟
飞翔于天空
站在高处，看最美的落霞

我也可以化作一尾鱼
在深广的海洋里
畅快地呼吸
偶尔击起一片浪花
也算是天地的嫁衣

可，我终是不愿
做一只落单的孤雁
也不想融入长天
安静的深处是孤寂
幻想的边界是空无
我只想，在短暂的安静处
想一些经年已久的事

事中的人仿佛还未变老
山水也会永远静止
就好像在夜里
如故的我一样
在那本深蓝色的日记里
我们不知道彼此的名字
一样一贫如洗得
只剩下一件
灯火交织的毛衣

山　　庄

家燕的呢喃终止于暮色
星却早已点亮了万家灯火
行人们归于家中，插好门
外面的街道又恢复静寂
只有偶尔的犬吠
却又像梦中的鼾声
——这山庄入睡了
在晚风的催眠曲中
沉沉地入睡了

仿佛每盏门灯里
都倒映着桌上热腾腾的晚餐
和一家人孩童般的笑
饭后
女人擦桌洗碗
一轮轮热气氤氲在铝盆周围
男人捡起煤块
再往火炉中添几分新热
他黝黑的脸对着火光

也显得分外明亮
孩童望着夜空发呆
不知多少小小的梦堆藏在心底
老人们也看一场不厌的戏剧
在月亮正明时，悄悄地仰头睡去

他们无所谓黎明的到来
因为明天依然如此
我想门前的老槐也忘记了
有多少位新娘披着盖头
走进身旁的门

远　方

你爱过的，与还未爱的
我都将替你爱一遍
倚靠过的老树
浇过的盆栽
清晨听见早点的吆喝声
都爱

就像屋檐上的露珠
会在确然的钟点苏醒
你所走过的每一级台阶
每一段路，都会重新开始
重获新生般地
一切欣欣然

因为我在归程
比迷途更长，长于一生
能从远方一直爱到
家门口的羊肠小道
还有关于你所爱的
与还未爱的

安 然 见

黄昏
青色的树林向后奔跑
浮游的云霞冲我挥手
——他们那样匆忙
着急回家
故乡的路在我脚下
变得不安

夜深了
云从天上落到水里
混着车中人的鼾声
似水浮萍
整个世界
都在安然与我拥抱
风，伴着安琪儿起舞
催我入睡

清明的月啊
请你言语吧
是宇宙沉睡
还是我的梦

桨上的故乡

一种久违的味道
油渍里混着洗涤灵
香，是奶奶粗糙的手下
一顿顿温暖的早点

我迈过高高的门槛
去探望一种远方的家
门前的福联早已褪色
也许是在一场雨中
奶奶扣了门内的栓
却忘记了他

每一种地方的苔藓
都匍匐在石阶上
每一处房屋
都在安静地眯着眼
大概每一种生的味道
也是无差

牌　　楼

我遇一座牌楼
她身上沉睡着
沉默的灵魂
那缝布褂的人还在灯下吗？
还是她已随着燃尽的烛
沉睡了？

她
久久伫立在门槛外
翘望，是远方新安江上
将近的渔船
希望在波澜中起伏

这好像一朵盛开的花
不必为春天跋涉千里
却依然令人怜惜

异乡人

我们相遇
便作是故人一般的
你的故乡是我的他乡
尽管如此，相拥的时刻
依旧很长

我们都是遥远归途的一株野草
那么多同类驻扎在旁侧
竞争着无尽的家乡的味道

你说，你的家乡是青色的烟雨
他说，他的家乡有辽阔的戈壁
我说，我们都一样
束缚在一个狭小的境地
小到只是一杯酒中
一钩新月
小到是一把坏伞
大雨来了
打开却收不回

而我们

重合在一盏灯下

我看你湿红的眼

你见我手足间的窘然

行行复行行

在那曲折的小道上
我看到你蹒跚的背影
那沾满油渍的破毡帽
那臃肿肥胖的棉衣，和
长到李白都要惊叹的头发

你告诉沿路的人
嘿！这里的稻田真不错
西北的冬天在这里
也很入乡随俗

你在旅行，从遥远的拉萨来
从冻伤的面颊里走出来
从高原的羚羊的低嚎中走来
又走到满夜歌吟的湖畔
和万家氤氲的街道

异乡人在外地偶遇异乡人
我们都是没有理由的旅者
却又似乎都带着一点理由

谋生，学习

你说你会回去，回到那
快马奔腾的高原去
当你那深邃的眼变成星星时
也许旅行便是要快马加鞭
早入关

图书在版编目(CIP)数据

知道 / 王东冬著.—— 北京 ：中国文史出版社，2017.1

ISBN 978-7-5034-8778-1

Ⅰ. ①知… Ⅱ. ①王… Ⅲ. ①抒情诗-诗集-中国-当代 Ⅳ. ①I227.2

中国版本图书馆 CIP 数据核字(2016)第 323004 号

责任编辑：马合省

出版发行：中国文史出版社
网　　址：http://www.chinawenshi.net
社　　址：北京市西城区太平桥大街 23 号　邮编：100811
电　　话：010-66173572　66168262　66192736(发行部)
传　　真：010-66192703
印　　装：廊坊市海涛印刷有限公司
经　　销：全国新华书店
开　　本：720×1000mm　1/16
印　　张：10.75　　　字数：117 千字
版　　次：2017 年 1 月北京第 1 版
印　　次：2017 年 1 月第 1 次印刷
定　　价：28.00 元